AF497850

INSTITUT ROYAL DE FRANCE.

RAPPORT

SUR LE

CONCOURS DU GRAND PRIX DE CHIRURGIE.

DIFFORMITÉS DU SYSTÈME OSSEUX.

COMMISSION :

MM. DULONG, SAVART, MAGENDIE, SERRES, LARREY, ROUX, DOUBLE, RAPPORTEUR.

L'EXISTENCE des difformités du corps humain n'est guère moins ancienne, sans doute, que l'existence de l'espèce humaine elle-même : et l'histoire de la science apprend que les médecins se sont occupés, de tous les temps, de cet ordre d'affections.

Toutefois, c'est vers la fin du siècle dernier que quelques médecins, au nombre desquels se trouvent deux des membres les plus illustres de cette Académie, Vicq d'Azyr et Portal, reprenant les premières indications semées à de grandes distances dans les écrits d'Hippocrate, de Celse, de Galien, d'Oribase, de Paul d'Égine, d'Albucasis, d'Ambroise Paré, d'Andry et de Ludwig, sur l'art de corriger les difformités du système osseux, tentèrent de restituer à la médecine cet ordre d'affections dont le traitement avait presque toujours été, jusque-là, le privilége de personnes étrangères à l'art de guérir. Ces premiers essais, bien que fécondés, dans d'autres

I

pays, par quelques mémoires importants, tels que ceux de Paletta sur les luxations congéniales, et de Scarpa sur les pieds bots, ne suffirent point pour maintenir l'attention des médecins sur ce point important de chirurgie pratique.

Ce n'est que beaucoup plus tard, en 1822, par suite de succès exagérés, attribués à l'usage des premiers lits à extension de la colonne vertébrale, succès vivement et justement contestés, que la société de médecine de Londres mit au concours pour le prix fondé par Hunter, la question de l'utilité des moyens mécaniques dans le traitement des difformités de la colonne vertébrale.

Cet appel ne fut pas sans résultats. Deux ouvrages remarquables, composés par les docteurs Shaw et Bampfield, commencèrent à montrer ce que pouvait avoir d'intéressant pour la science et pour l'art l'étude des déformations du squelette.

Les ouvrages de ces deux auteurs furent promptement suivis d'autres publications sur le même sujet. Charles Bell, Jarrold, Dodds, Ward, en Angleterre, Wentzel, Heidenreich, Siebenhaar, en Allemagne, Dupuytren, Delpech, Serres, et quelques autres contemporains, en France, ouvrirent, par des écrits plus ou moins remarquables, une ère nouvelle à l'histoire des difformités du système osseux. Ce point de science devint alors un sujet d'études anatomiques, pathologiques et thérapeutiques sérieuses. Delpech surtout, dans l'important ouvrage qu'il publia en 1828, profitant avec discernement des travaux antérieurs, avait soulevé, sinon résolu, un grand nombre de questions intéressantes sur cette nouvelle branche de la pathologie, et présenté quelques vues ingénieuses sur les avantages de la gymnastique, associée au traitement général des difformités de la colonne vertébrale.

Telle était l'orthomorphie en Europe, lorsque l'Académie des sciences, pressentant d'une part les progrès élevés dont l'anatomie, la physiologie et la pathologie des difformités du système osseux étaient susceptibles; et comprenant d'autre part les services qu'elle rendrait à l'humanité, en contribuant à éclairer le degré d'utilité et le genre d'opportunité des moyens mécaniques et gymnastiques dans le traitement de cet ordre d'affections, crut devoir en faire le sujet d'un de ses grands prix spéciaux de la fondation Montyon.

Et qu'il nous soit permis de le dire : quel autre sujet aurait pu être en plus heureuse conformité avec les nobles intentions du philanthrope illustre qui, après avoir passé sa vie entière à rêver sur toutes les améliorations physiques et morales de l'espèce humaine, eut de plus la louable ambition d'y concourir encore après sa mort.

Le 26 juillet 1830, l'Académie publia donc, pour sujet de prix à décerner en 1832, le programme suivant :

« Déterminer, par une série de faits et d'observations authen-« tiques, quels sont les avantages et les inconvénients des moyens « mécaniques ou gymnastiques appliqués à la cure des difformités « du système osseux. »

Pour ne laisser aucun doute aux concurrents sur la pensée qui avait présidé à ce programme, et sur sa portée scientifique, l'Académie avait joint les développements qui suivent : l'Académie demande aux concurrents ;

« 1° La description générale et anatomique des principales diffor-« mités qui peuvent affecter la colonne vertébrale, le thorax, le bassin « et les membres.

« 2° Les causes connues ou probables de ces difformités, le « mécanisme suivant lequel elles se produisent, ainsi que l'influence « qu'elles exercent sur les fonctions, et particulièrement sur la « circulation du sang, la respiration, la digestion et les fonctions « du système nerveux.

« 3° De désigner d'une manière précise celles qui peuvent être « combattues avec espoir de succès par l'emploi des moyens mé-« caniques ; celles qui doivent l'être par d'autres moyens ; enfin

1.

« celles qu'il serait inutile ou dangereux de soumettre à aucun
« genre de traitement.

« 4° De faire connaître avec soin les moyens mécaniques qui
« ont été employés jusqu'ici pour traiter les difformités, soit du
« tronc, soit des membres, en insistant davantage sur ceux aux-
« quels la préférence doit être accordée. »

La description de ces derniers sera accompagnée de dessins
détaillés ou de modèles; et leur manière d'agir devra être démontrée sur des personnes atteintes de difformités.

Les concurrents devront aussi établir par des faits les améliorations obtenues par les moyens mécaniques non-seulement sur
les os déformés, mais sur les autres organes et sur leurs fonctions, et en premier lieu sur le cœur, le poumon, les organes
digestifs et le système nerveux.

Ils distingueront, parmi les cas qu'ils citeront, ceux dans lesquels les améliorations ont persisté, ceux où elles n'ont été
que temporaires, et ceux dans lesquels on a été obligé de sus-
pendre le traitement ou d'y renoncer à raison des accidents plus
ou moins graves qui sont survenus.

Enfin la réponse à la question devra mettre l'Académie dans
le cas d'apprécier à sa juste valeur l'emploi des moyens mécaniques
et gymnastiques proposés pour combattre et guérir les diverses
difformités du système osseux.

Le prix consistera en une médaille d'or de la valeur de *dix mille
francs*. Les mémoires devront être remis au secrétariat de l'Insti-
tut avant le 1er avril 1836.

Tel était le programme offert à nos hommes de science.

Depuis 1830 jusqu'à ce jour, la question a été trois fois re-
mise au concours, toujours dans les mêmes termes et toujours
avec de nouveaux avantages.

Pour ce dernier concours l'Académie a reçu douze mémoires,

et, sur ce nombre, deux, dans l'opinion des juges, ont mérité de fixer l'attention de l'Académie et du public.

L'un est un travail de longue haleine, présenté par M. Jules GUÉRIN; l'autre, qui n'est guère moins considérable, appartient à M. BOUVIER.

Ces deux grands ouvrages, que nous tâcherons bientôt de faire apprécier par l'Académie, fort remarquables l'un et l'autre, quoiqu'à des degrés différents et à des titres divers, ne seront cependant pas, dans notre opinion, les uniques fruits de ce concours.

Par ce fait seul que depuis plus de six ans le programme de l'Académie a constamment fixé l'attention des médecins sur ce point de la science, la doctrine pathologique et non moins encore les vues thérapeutiques de cet ordre d'affections ont été singulièrement étendues, améliorées dans le domaine général de la médecine. On a surtout simplifié, perfectionné les moyens mécaniques réellement utiles, et l'on a sérieusement travaillé à déterminer les conditions de leur plus avantageuse application.

Mais exposons les éminents services rendus à la science et à l'art par les deux travaux que nous avons signalés. :

M. GUÉRIN.

L'auteur a choisi deux épigraphes : la première, fournie par l'ouvrage lui-même, est ainsi conçue :

La science des difformités, placée, par la nature de ses faits, entre la physique et la médecine, est destinée à nouer ces deux sciences à l'aide de la méthode expérimentale.

La seconde *Principiis obsta.*

Ces deux épigraphes répondent aux deux parties principales de l'ouvrage, à la partie scientifique et à la partie pratique. L'analyse succincte et rapide que nous allons essayer d'en donner, prouvera que l'auteur a indiqué dans ce peu de mots, deux des plus grandes pensées qui dominent son travail.

Et d'abord, pour mettre l'Académie à même d'apprécier immédiatement la portée et l'étendue des recherches de M. Guérin, le point de vue où il s'est placé, l'esprit qu'il y a apporté, nous croyons devoir faire précéder l'analyse de son ouvrage, de quelques lignes empruntées à son introduction.

« Le premier fait qui m'a frappé, dit-il, dès le jour où je suis
« passé des livres à la nature, est celui-ci : c'est que les grandes
« difformités du système osseux, les difformités de la colonne ver-
« tébrale, par exemple, portées à un haut degré, changent, bou-
« leversent toute la charpente animale, réalisent en quelque sorte
« une économie nouvelle, avec des organes et des fonctions telle-
« ment modifiés, tellement altérés, qu'il en résulte une vie spé-
« ciale pour ceux qui ont subi cette profonde révolution. En ef-
« fet, ce ne sont plus ni le thorax, ni les poumons, ni le cœur, ni
« le foie, ni le canal vertébral, ni la moelle, ni l'estomac, ni les
« intestins, dans les rapports de direction, de dimension, de vo-
« lume, de consistance, que la nature a déterminés pour l'entre-
« tien de la vie : c'est une autre respiration, c'est une autre
« circulation, c'est une révolution générale telle, que si nous n'as-
« sistions pas tous les jours à cette transformation prodigieuse,
« et si cette transformation ne s'accomplissait pas progressivement
« et en donnant à l'économie le temps de s'adapter graduellement
« aux nouvelles conditions d'existence qui lui sont imposées, nous
« ne concevrions jamais la possibilité de la vie avec des altéra-
« tions si profondes de ses conditions fondamentales. Or, ces
« changements si importants et si sensibles pour les grandes fonc-
« tions de la vie, retentissent encore sur les organes et sur les
« fonctions secondaires. La direction nouvelle des vaisseaux, la
« réduction de leur calibre, les obstacles qu'ils apportent au cours
« du sang, se traduisent par une nutrition différente, alternative-

« ment pauvre ou exagérée, modifiée dans sa nature comme dans
« la quantité de ses produits. Les systèmes musculaire et ligamen-
« teux subissent à leur tour l'influence des déplacements de leurs
« points d'attache; leur direction, leur dimension, leur forme, leur
« tissu, changent par le déplacement et la déformation des leviers sur
« lesquels ils agissent; et de ces changements naissent d'autres con-
« séquences dynamiques qui nécessitent des lois différentes, puis-
« qu'elles ont à formuler des conditions phénoménales nouvelles....
« Ainsi les muscles de la respiration, les pectoraux, les intercostaux,
« les dentelés, le diaphragme, les muscles du dos et de la colonne,
« les muscles même des membres, dans un ordre de difformités moins
« importantes, subissent quelquefois des modifications et des dépla-
« cements tels, qu'il en résulte jusqu'à des fonctions diamétralement
« opposées à celles qui leur avaient été primitivement départies.
« Cette expression n'a rien d'exagéré, du moins dans la limite de
« certains faits. Que résulte-t-il de ce grand phénomène, de cette
« révolution générale du corps humain qui se modifie si profondé-
« ment dans ses agents comme dans ses fonctions, sinon que la
« science destinée à tracer l'histoire des faits qui en dépendent, si-
« non que la philosophie chargée de déterminer les lois qui prési-
« dent à la formation d'aussi importants résultats, doit avant tout
« les étudier dans leurs divers éléments, et remonter de la découverte
« de chacun d'eux à la découverte des causes qui les produisent.
« Or, quelle est l'étendue de cette tâche et quelle en est la limite,
« sinon l'étendue des faits qu'elle doit atteindre. Si la plupart des
« organes, si la plupart des systèmes, la plupart des fonctions ar-
« rivent à être profondément altérés dans leurs conditions maté-
« rielles, dans leurs rapports et leur mécanisme; si la série des phases
« par lesquelles cette métamorphose passe pour arriver à être com-
« plète, constitue elle-même une succession de faits, d'aspects, de
« rapports et de résultats différents; si la vie enfin reçoit le dernier
« mot de cet enchaînement d'altérations, au point d'en revêtir une

« autre physionomie générale, et même d'être arrêtée prématuré-
« ment dans son cours, n'y a-t-il pas presque toute une science dans
« cette application nouvelle de la science de la vie normale? N'est-
« ce pas une anatomie, une physiologie, une pathologie spéciales?
« N'est-ce pas un ensemble de faits et de lois, autres que les faits
« et les lois que l'observation et l'expérience avaient enregistrés
« jusqu'alors? Et qu'on ne regarde pas un tel point de vue comme
« le résultat d'une exagération enthousiaste; qu'on n'y cherche pas
« surtout la justification des développements auxquels j'ai été en-
« traîné : non, je ne crains pas de le dire, l'histoire des difformités
« du système osseux chez l'homme, sera une histoire immense, et
« la science qui arrivera à enregistrer tous les faits qui s'y rappor-
« tent, sera une application générale des sciences anatomiques,
« physiologiques et pathologiques telle, qu'il n'est pas possible
« d'en concevoir une plus vaste et plus féconde en résultats nou-
« veaux. »

Après ces lignes de l'auteur, qui sont comme le frontispice de
son travail, entrons directement dans l'analyse du travail lui-même.

L'ouvrage de M. Guérin se compose de trois parties distinctes:

1º D'une série de *faits* et d'*observations* authentiques sur toutes
les difformités du système osseux, recueillis dans les amphithéâtres,
les musées et les hôpitaux de Paris, portant l'indication et le nu-
méro des pièces, et classés méthodiquement de manière à offrir
une histoire *réelle* et *expérimentale* de ces difformités, avec un
atlas de quatre cents planches environ, la plupart dessinées d'après
nature, par M. Werner, peintre du Muséum d'histoire naturelle.

2º D'une série de cent tableaux, dans lesquels sont résumés et
rapprochés tous les éléments des faits généraux découverts par
l'auteur, ainsi que leurs conditions de *manifestation*, d'*association*
et de *variation*, avec l'indication des numéros d'ordre, des observations individuelles qui ont fourni les éléments du tableau : le tout
disposé de manière à offrir tout à la fois l'exposition et la preuve
des faits et des rapports nouveaux signalés par l'auteur.

3º D'un résumé général présentant les conséquences des faits analytiquement exposés dans la première partie de l'ouvrage, et formulant explicitement les corollaires généraux contenus implicitement dans les tableaux.

Ainsi les trois parties de l'ouvrage de M. Guérin sont liées et subordonnées l'une à l'autre de telle manière, que la première (les observations particulières) fournit les éléments de la seconde (les tableaux); la seconde, les éléments de la troisième (le résumé); et que chacune de ses déterminations nouvelles, s'appuyant sur un des tableaux, celui-ci renvoie par une indication numérique à toutes les preuves de fait qu'il résume, et qui sont éparses dans les observations particulières.

M. Guérin a d'ailleurs mis sous les yeux de la commission un grand nombre de pièces et de préparations anatomiques, propres à éclairer et à confirmer les faits principaux de ses recherches.

Nous allons indiquer rapidement ceux de ces faits qui ont plus spécialement fixé l'attention de la commission.

Pour plus de clarté et de méthode, nous rapporterons ces faits aux divisions principales du programme, c'est-à-dire, à l'anatomie, à la physiologie, à la pathologie et à la thérapeutique des difformités.

§ I.
ANATOMIE DES DIFFORMITÉS.

M. Guérin a montré que dans toutes les difformités du système osseux, difformités de la *colonne*, du *thorax*, du *bassin*, dans les *luxations anciennes* et les *pieds bots*, la portion du squelette qui est le siége de la difformité, tend à s'atrophier, à diminuer de longueur et de volume : et que ce résultat varie suivant la nature, le degré, et l'ancienneté de la difformité.

Relativement au *système musculaire*, il a montré que dans toutes les difformités qui changent les points d'insertion des muscles, ceux-ci éprouvent des déplacements, des changements de direction, de formes, de dimensions, de consistance et de texture, qui sont soumis à des règles fixes, propres au système musculaire; règles en vertu desquelles on peut toujours déterminer, la difformité du squelette étant donnée, quels seront les changements de toute nature éprouvés par les muscles. Les principales de ces lois sont les suivantes.

« 1re *loi*. Dans toutes les difformités anciennes, les muscles, au lieu « de continuer leurs rapports primitifs avec la portion du squelette « déviée, tendent à se raccourcir et à se diriger en ligne droite, entre « leurs deux points d'insertion. »

« 2e *loi*. La transformation des muscles est graisseuse ou fibreuse: « graisseuse dans les conditions où les muscles sont comprimés et « frappés d'inertie; fibreuse, lorsqu'ils sont soumis à des tractions « exagérées. »

Le système fibreux, placé par la nature de son organisation entre les systèmes musculaire et osseux, obéit dans ses déplacements, ses changements de dimensions, de direction et de contexture, à des lois qui dérivent des propriétés spéciales de ces deux systèmes. Ainsi il est soumis aux lois de rétractilité du système musculaire (lois de direction et de dimension), et il a une tendance à s'ossifier dans les conditions où le système musculaire passe à l'état graisseux (l'inertie).

Le système artériel offre une série de faits intéressants sous le rapport de la direction et des changements de calibre des artères. M. Guérin a constaté que dans toutes les difformités du système osseux, les artères, au lieu de s'adapter comme les muscles au degré de raccourcissement de l'espace qu'elles mesurent, et par conséquent, au lieu de se porter en ligne droite comme les muscles, suivant la direction des cordes des courbures, s'adaptent à ces courbures, les suivent, ou bien, dans les cas où elles sont libres, deviennent flexueuses, et d'autant plus flexueuses que le trajet qu'elles avaient à parcourir est plus réduit. Ce fait a lieu d'une manière sensible dans les déviations de l'épine et les courbures des membres principalement. Dans les premières l'aorte s'adapte au trajet de la colonne, ainsi que l'avaient déjà noté Wetzel, Morgagni et Wrolick; et les carotides et les iliaques deviennent d'autant plus flexueuses, que la réduction du tronc est plus considérable. Ajoutons d'ailleurs qu'au niveau de la convexité des inflexions artérielles, presque toujours les parois du vaisseau sont dilatées.

Un fait plus important relatif au changement de calibre des artères, est celui-ci : dans les difformités anciennes, dans les luxations anciennes du fémur, par exemple, les artères qui se distribuent aux parties qui sont le siége de la difformité, perdent quelquefois jusqu'aux deux tiers de leur calibre. Par cet ordre de faits, M. Guérin a rendu compte de la réduction en tous sens, de l'atrophie, de l'abaissement de température des membres atteints d'anciennes difformités; de plus, il a ainsi donné une confirmation pathologique de la loi physiologique dès longtemps établie par M. Serres, savoir, la prépondérance génératrice du système artériel dans le développement de l'organisme. C'est ainsi que l'ordre pathologique répète en sens inverse les lois de l'ordre physiologique.

Le système veineux obéit, dans les changements de direction des veines, aux règles du système artériel. Mais M. Guérin a signalé un fait général fort important relatif à ce système, savoir : sa prépondérance très-marquée, prépondérance générale chez tous les sujets atteints de fortes et anciennes déviations de l'épine, et locale dans toutes les parties frappées de difformités, comme les membres luxés ou atteints de pieds bots. Toujours dans ces deux ordres de faits, le système veineux accuse un développement exagéré, soit par la prédominance directe et générale du calibre et du nombre des vaisseaux veineux, soit par la coloration violacée des parties qui sont le siége de ce développement. C'est à l'aide de cet ordre de faits et de ceux relatifs à la réduction du calibre des artères et à l'impuissance de l'hématose chez les sujets frappés de fortes déviations de l'épine, que M. Guérin a rendu compte de la dégénéres-

2.

cence graisseuse qu'on remarque dans tous les tissus de ces derniers individus, et de la transformation graisseuse partielle des parties atteintes de difformités partielles.

M. Guérin a fait connaître des particularités non moins curieuses en ce qui concerne le système nerveux, la direction et le déplacement de la moelle épinière et des nerfs. Il a montré que tout ce système de cordons, dans les grandes courbures, qui diminuent la longueur de leur trajet, tendent, mais à un moindre degré que les muscles, à se diriger en ligne droite; par exemple, dans les déviations anciennes de la colonne, la moelle décrit des courbures d'un plus grand rayon que le canal osseux, s'applique fortement contre les concavités des courbures (convexités intérieures du canal rachidien), et se creuse en ces points un canal supplémentaire. Les nerfs sciatiques et cruraux affectent une tendance analogue dans les fortes courbures des membres. M. Guérin a montré que ce résultat, analogue à celui qui est produit par le système fibreux, est dû précisément à la nature fibreuse des enveloppes des cordons nerveux (le névrilème).

Les faits qui précèdent se répètent dans l'histoire de toutes les difformités, et en constituent, en quelque façon, l'anatomie générale.

Parmi les faits anatomiques appartenant à l'histoire des difformités particulières, la commission a plus spécialement remarqué :

1° La détermination de dispositions articulaires spéciales entre les onzième et douzième vertèbres dorsales, entre la dernière vertèbre lombaire et le sacrum, articulations présidant au centre des mouvements de flexion latérale de la colonne et d'inclinaison de la colonne sur le bassin. Ces deux faits d'anatomie et de physiologie sont d'autant plus importants qu'ils deviennent la source de deux caractères primitifs des déviations latérales, suivant la nature des causes qui les mettent en jeu.

2° Le fait de la torsion de la colonne sur un axe passant par

l'extrémité des apophyses épineuses, et considéré comme fait primitif et dominateur des caractères anatomiques des déviations, à
toutes les périodes et à tous les degrés de ces déviations.

3° L'existence d'une première période des déviations latérales,
dans laquelle la série des apophyses épineuses paraît suivre une
ligne droite, alors que les corps vertébraux ont déjà éprouvé un
déplacement latéral sensible, avec l'indication des caractères anatomiques propres à suppléer l'absence de déviation apparente dans
la série des apophyses épineuses.

4° La détermination des rapports numériques qu'il y a entre la
déviation réelle ou intérieure (celle des corps vertébraux), et la
déviation extérieure et visible (celle des apophyses épineuses) dans
toutes les périodes et à tous les degrés de la déviation, de manière
à résoudre ce problème : « Étant donnée la déviation des apophyses épineuses, déterminer le degré de la déviation des corps
des vertèbres. »

5° Toujours dans la ligne des faits anatomiques spéciaux, la
commission a encore remarqué le phénomène de l'élévation du
bassin, accompagnant les luxations fémoro-iliaques et ajoutant
au raccourcissement apparent du membre luxé; élévation due au
déplacement de l'insertion fémorale du psoas, et proportionnée au
degré d'ascension de la tête du fémur sur la surface externe de l'os
coxal.

6° Le mode de déformation des cavités articulaires normales
dans les luxations anciennes ou congéniales, et les conditions de
la formation des cavités articulaires nouvelles. Ce dernier fait a surtout excité l'attention de la commission. M. J. Guérin a mis sous
ses yeux une série de pièces dans lesquelles on a pu suivre le développement croissant des cavités articulaires nouvelles, lié et
subordonné au degré de perforation de la capsule orbiculaire ; de
manière à mettre dans une évidence complète la loi formulée par
l'auteur, savoir : que *toute cavité articulaire nouvelle, dans les luxa-*

tions anciennes, dépend de la mise en contact des surfaces osseuses de la tête fémorale et de la table externe de l'os iliaque à travers la capsule orbiculaire usée ou perforée.

Ce fait est un des principaux qui décident de la réductibilité ou de la non réductibilité des luxations anciennes et congéniales.

Telle est l'indication sommaire des principaux faits anatomiques nouveaux, renfermés dans l'ouvrage de M. Guérin; passons à ceux de la seconde partie du programme.

§. II.
PHYSIOLOGIE DES DIFFORMITÉS.

La physiologie des individus atteints de difformités est la partie la plus neuve, la plus originale, sinon la plus importante de l'ouvrage de M. Guérin. C'est une série non interrompue de faits et de rapports importants, dont la détermination générale est tout entière exprimée par ces quelques lignes de l'auteur :

« L'histoire des fonctions chez les sujets atteints de difformités « du système osseux, constitue une physiologie humaine comparée, « d'autant plus précieuse qu'elle se compose elle-même d'une col-« lection d'états anormaux différents, dans lesquels la fonctionnalité « est soumise à des conditions incessamment variées, et fournit à « l'observateur autant de résultats qu'il y a de combinaisons de « ces conditions. »

Cette formule générale exprime bien les faits nombreux que l'auteur a rencontrés dans l'histoire anatomique et physiologique de la *respiration*, de la *circulation*, de la *digestion*, de la *nutrition*, de la *locomotion*, de l'*innervation*, et de la *génération*, chez les sujets atteints des principales difformités du système osseux. Voici brièvement quelques-uns de ces faits :

En ce qui concerne la *respiration* et la *circulation*, M. Guérin a d'abord déterminé six espèces principales de déformations du thorax, d'après le siége, le côté et le degré de la déviation, déformations d'où dépendent en partie les altérations dynamiques de la respiration et de la circulation, les déplacements et les altérations de texture des poumons, du cœur, du foie et des gros vaisseaux.

Ainsi, sous le rapport des modifications dynamiques de la respiration, il a montré que, suivant l'une ou l'autre de ces combinaisons, tantôt la dilatation du thorax est nulle des deux côtés, tantôt incomplète à droite ou à gauche; que la respiration est exclusivement diaphragmatique ou abdominale dans un grand nombre de cas; qu'il y a un mouvement partiel des côtes supérieures du côté convexe, rentrée partielle de la base du thorax du côté concave, et mouvement d'ascension de la totalité du thorax; il a fait voir que dans la déviation à deux courbures égales du 3e degré, limitant les parties supérieure et inférieure du thorax, la respiration devient impossible et l'asphyxie imminente.

A l'égard des déplacements et des altérations du poumon, il a établi que, malgré l'élasticité et la compressibilité du tissu de ces organes, ils sont tour à tour engoués, splénisés, carnifiés, et même transformés partiellement en tissu fibro-celluleux, suivant le siége, l'étendue et le degré de la déviation; que sous l'influence de ces déplacements et de ces altérations, la résonnance thoracique est très-modifiée, produisant un son mat du côté de la convexité des courbures, sonore du côté concave; que le bruit respiratoire est lui-même modifié dans les mêmes proportions; nul ou presque nul au sommet des gibbosités; soufflant, bronchique au-dessus et au-dessous; fort, développé au niveau des concavités des courbures : enfin il a très bien établi que le résultat collectif de toutes ces anomalies ne pouvait être que le trouble complet de la fonction et l'altération chimique et organique de ses produits, et finalement une nutrition pervertie. Il a montré, en effet, que cette nutrition, exécutée avec un sang toujours veineux, toujours imprégné de matières grasses, hydrogénées, répand les mêmes principes dans tout l'organisme; de là la transformation graisseuse des tissus, l'imbibition huileuse du tissu osseux, et le développement exagéré du système veineux, qui se multiplie partout pour suffire à l'accroissement de ses produits. Enfin, M. Guérin a démontré que l'hématose incomplète, que la prédominance du système veineux chez les sujets très-difformes, la transformation et la saturation graisseuse de leur organisme, répètent à un plus haut degré les conditions physiologiques et les résultats de la respiration et de la circulation chez les vieillards, chez lesquels la prédominance veineuse et la transformation graisseuse des tissus sont un caractère presque général et un produit de l'action décroissante et incomplète de la respiration.

Les observations de l'auteur concernant les déplacements des organes circulatoires, et les modifications fonctionnelles ne sont pas moins fécondes en résultats. Il a fait voir que le cœur est tantôt refoulé en haut, en bas, tantôt repoussé à droite, à gauche, en avant ou en arrière, suivant les six combinaisons de déformations du thorax qu'il a déterminées.

Il a signalé en outre un autre ordre d'influences, celles du déplacement du foie sur la position du cœur, par l'intermédiaire de la veine cave, de manière que, dans la déviation dorsale moyenne à droite, au troisième degré, lorsque le foie est précipité dans le bassin, le cœur, entraîné par la veine cave, vient appliquer l'oreillette droite sur le trou ovale. Dans ces différentes conditions, les mouvements et les bruits du cœur éprouvent des modifications spéciales que M. Guérin s'est attaché à déterminer. Enfin, il a montré que dans les déviations dorsales moyennes à droite du 3ᵉ degré, les gros vaisseaux sont tordus, comprimés, et comme enroulés à leur origine, et que dans la déviation dorsale moyenne à gauche du 3ᵉ degré, les mouvements du cœur deviennent complétement impossibles.

La commission regrette de ne pouvoir reproduire avec détails la

série des faits signalés par l'auteur dans l'histoire des autres
fonctions. Les exemples qui précèdent et la connaissance de la méthode appliquée par M. Guérin, c'est-à-dire, la triple recherche, sur
le squelette, sur le cadavre et sur le vivant, des changements de
forme du contenant, des changements de situation, de rapport et
de texture du contenu, des changements dans l'exécution de la
fonction, suffisent pour laisser prévoir le nombre, l'étendue et la
profondeur des observations auxquelles il s'est livré, et la fécondité
des résultats que ces observations ont produits. La commission
laisse donc cette partie de son analyse incomplète, pour passer immédiatement à l'énoncé de faits d'un ordre plus important et plus
élevé, la pathologie.

§ III.

PATHOLOGIE DES DIFFORMITÉS.

Cette troisième section du programme comprend la partie phi-
losophique et à la fois scientifique et pratique de l'histoire des
difformités. La détermination des causes conduit à la distinction
logique des faits, celle-ci à leur classification, et leur classification
méthodique à une connaissance plus intime de leurs rapports et
des lois qui les régissent. M. Guérin s'est montré à la hauteur de
cette partie du programme, tant par les vues importantes qu'il y a
répandues, que par les faits spéciaux qu'il y a consignés. Et d'abord
voici textuellement l'expression d'une loi générale dont l'Académie
appréciera l'originalité et la portée.

« Les causes essentielles des difformités, dit M. Guérin, pos-
« sèdent une telle spécificité d'action, à l'égard des déformations
« auxquelles elles donnent naissance, que chacune de ces causes se
« traduit à l'extérieur par des caractères qui lui sont propres, et à
« l'aide desquels on peut, en général, par la difformité diagnostiquer
« la cause, et par la cause déterminer la difformité ; d'où il suit que la

3

« causalité essentielle est la seule vraie base de distinction pour la
« classification et le traitement des difformités. »

Cette loi, l'auteur l'a appliquée à l'histoire de toutes les difformités, et la commission en a vérifié la justesse dans une application expérimentale aux deux plus grandes classes des difformités
du tronc, aux déviations de la colonne vertébrale, et aux difformités du thorax.

Mais ce n'était point assez d'assigner les principes généraux de
la distinction nosologique et pratique des difformités, il fallait
encore rechercher la source des causes spéciales qui présidènt à
leur formation.

1° A l'égard des difformités de la colonne, M. Guérin a montré
que toutes les causes morbides, quelles qu'elles soient, n'agissent
qu'en altérant une ou plusieurs des conditions statiques qui main-
tiennent le rachis dans la direction normale, et il a établi que ces
diverses causes se résolvent toutes dans l'altération simple ou
composée des conditions *musculaires*, *ligamenteuses* ou *osseuses*.

2° Dans les déviations *musculaires*, que l'auteur a distinguées en
passives et en *actives*, suivant qu'elles dépendent d'un défaut de
résistance musculaire ou d'un trouble actif de leur action, il a
déterminé anatomiquement, physiologiquement et mécaniquement
une espèce de déviation produite dans l'âge de la puberté chez la
femme, par l'*élongation disproportionnée* ou trop rapide de la colonne : fait nouveau qui rend raison de la déviation si fréquente
de 13 à 15 ans chez les jeunes filles. La détermination de cette
espèce de déviation repose à la fois sur une loi physiologique
trouvée expérimentalement par l'auteur, savoir : que la croissance
de la puberté chez les femmes, s'opère principalement par l'élongation de la colonne vertébrale; et sur cette circonstance matérielle
que les colonnes atteintes de l'espèce de déviation dont il s'agit sont
dans des rapports de longueur avec la hauteur de la taille et l'âge du
sujet, sensiblement supérieurs.

3° Dans les déviations osseuses, l'auteur a démontré l'existence d'une espèce de déviation produite par l'inégalité primitive des deux moitiés de la colonne vertébrale.

Ce fait, déjà entrevu et soupçonné par M. Serres, aux recherches anatomiques duquel il se rattache, a été mis en évidence par M. Guérin, qui en a déterminé le mécanisme et les caractères. Cette espèce de déviations comprend presque toutes celles qui sont héréditaires, qu'on avait injustement attribuées au rachitisme, et qui se développent ordinairement vers l'âge de sept à dix ans, avec l'apparence de la plus parfaite santé.

4° M. Guérin a encore fait connaître un nouvel ordre de difformités de l'épine qu'il a appelées *difformités composées*, résultant de l'association de la déviation latérale avec l'excurvation, dont les caractères offrent la combinaison de ces deux ordres de difformités simples.

5° A l'égard des difformités du thorax, l'auteur a indiqué deux ordres de causes nouvelles, et par conséquent deux ordres nouveaux de difformités, celles produites par les troubles ou arrêts de développement, de la première et de la seconde période de l'ostéogénie du sternum : les premières, caractérisées par une réunion incomplète et un défaut de symétrie des deux moitiés latérales du sternum ; les secondes par un retard de l'ossification, par une brièveté, par une dépression ou saillie centrale du sternum. Ces deux ordres de faits sont basés sur une distinction lumineuse établie par l'auteur entre les deux périodes de l'ostéogénie, et sur la démonstration donnée par M. Serres du développement bifide du sternum.

6° Parmi les difformités des membres, nous signalerons une espèce nouvelle de luxation spontanée coxo-fémorale, produite par le rétrécissement rachitique de la cavité cotyloïde et le gonflement simultané de la tête du fémur : cette luxation, dont l'auteur a établi l'existence par plusieurs pièces anatomiques, est rarement complète, et elle offre des symptômes sur le vivant, analogues aux symptômes de la luxation congéniale des fémurs.

7° M. Guérin a encore établi l'existence d'un ordre nouveau de pieds bots congénitaux, produits par la rétraction musculaire, convulsive, pendant la vie fœtale. Cet ordre de causes, dont l'origine sera démontrée plus bas, offre des caractères qui ne permettent pas de les confondre avec les causes qui produisent d'autres espèces de pieds bots congénitaux.

8° Enfin la commission s'est spécialement arrêtée sur deux ordres de recherches d'une très-grande importance, et dont l'indication va clore dignement l'analyse de cette partie du travail de M. Guérin. Nous voulons parler de l'histoire des difformités générales chez les monstres et le fœtus, et de l'histoire générale du rachitisme.

1° DIFFORMITÉS GÉNÉRALES CHEZ LES MONSTRES ET LE FOETUS.

Dans un premier ordre de faits, M. Guérin a rassemblé et décrit une série de monstres anencéphales, sur lesquels se trouvaient simultanément réunies toutes les difformités du système osseux qui se passent dans les articulations, telles que : *déviations de l'épine, difformités du thorax, luxations des fémurs, des genoux, luxations ou subluxations des coudes, des poignets et des pieds* (pieds bots, mains bots); en un mot, déplacements plus ou moins complets de toutes les surfaces articulaires. A côté de ce premier fait général, il s'en trouvait un autre non moins général et non moins bien exprimé : c'est que toutes les difformités portées au plus haut degré des deux côtés, étaient accompagnées d'une rétraction générale convulsive du système musculaire, et avaient lieu rigoureusement dans le sens de cette rétraction. De leur côté, les nerfs étaient tendus, raccourcis et considérablement hypertrophiés. Enfin, en explorant les débris de l'encéphale, l'auteur trouva les méninges déchirées, frangées, à moitié disparues, et la cavité du crâne réduite à un très-petit espace irrégulier, formé par l'affaissement de ses parois qui étaient disjointes et en partie détruites.

Dans un second ordre de faits, l'auteur a réuni un certain nombre de monstruosités, dans lesquelles le cerveau et la moelle épinière, mal conformés et plus ou moins incomplets, avaient subi des déplacements notables et étaient accompagnés de poches hydrocéphaliques et hydrorachidiennes plus ou moins considérables. Avec cet état du cerveau, coïncidait la généralité des difformités observées dans la catégorie précédente, c'est-à-dire, *rétraction musculaire générale* et *luxations* et *subluxations de toutes les articulations*.

Dans un troisième ordre de faits, l'auteur a rassemblé des fœtus humains et de veau, chez lesquels une hydrocéphale très-développée coïncidait avec la rétraction générale du système musculaire et les difformités permanentes indiquées précédemment.

Dans une quatrième catégorie de faits, il a rassemblé des fœtus chez lesquels les mêmes difformités, quoique portées à un haut degré, présentaient néanmoins une différence de degré et de développement très-marquée à droite et à gauche, coïncidant toujours avec une rétraction spasmodique proportionnée des muscles correspondants.

Dans une cinquième catégorie de faits, il a réuni des fœtus chez lesquels les difformités limitées à un seul côté du corps et toujours caractérisées par la rétraction des muscles, coïncidaient avec les traces d'une affection cérébrale ancienne.

Enfin, dans une sixième et dernière catégorie de faits, l'auteur a réuni une série d'observations recueillies sur des sujets vivants, offrant, avec des traces non équivoques d'une affection cérébrale antérieure à la naissance, une réunion de difformités décroissantes, depuis la difformité générale simultanée des pieds, des mains et de l'épine, jusqu'à la difformité d'un seul pied ou d'une seule main.

En présence de cette succession de faits, l'auteur a présumé qu'il y avait là comme des degrés différents d'une cause commune, et a cru y trouver l'origine d'un certain nombre de difformités congéniales.

2°. HISTOIRE GÉNÉRALE DU RACHITISME.

Les principaux faits signalés par l'auteur, relatifs au rachitisme, sont les suivants :

A. L'influence du rachitisme sur le tissu osseux, se révèle par quatre ordres de faits distincts, la *déformation*, *l'arrêt de développement*, le *retard de l'ossification*, et *l'altération du tissu*.

B. La déformation rachitique du squelette se développe successivement de bas en haut, des os de la jambe aux fémurs, des fémurs au bassin; puis viennent successivement ou simultanément les différentes parties des membres supérieurs, le thorax, et en dernier lieu la colonne et le tronc. Le degré des déformations est en rapport avec leur ordre de développement; d'où il suit que la déformation rachitique d'une portion du squelette implique toujours la déformation des portions situées au-dessous.

C. La plupart des os du squelette rachitique sont toujours relativement moins développés en longueur ou en largeur que les os du squelette normal. Cette réduction, qui est indépendante de celle résultant des déformations, s'opère suivant la même loi que ces dernières, c'est-à-dire, successivement de bas en haut, et graduellement de haut en bas. La proportion selon laquelle toutes ces parties du squelette sont réduites de bas en haut, est exprimée par une série régulière de nombres qui permet de déduire approximativement, de la dimension d'un seul os, la dimension des autres parties du squelette.

D. La réduction plus grande des membres inférieurs comparée à celle des membres supérieurs établit entre ces parties des rap-

ports de longueur qui répètent et perpétuent ceux de l'âge où la
maladie s'est développée.

E. Le retard de l'ossification dans les os rachitiques se révèle par
la persistance plus marquée des noyaux cartilagineux, par la dis-
jonction des épiphyses et la réunion tardive des pièces composantes des os multiples.

F. La texture des os rachitiques offre des caractères tout à fait
différents, suivant qu'on les observe pendant la période *d'incubation* du rachitisme, pendant sa période *de déformation*, pendant sa
période *de résolution;* différentes au commencement et à la fin de
chacune de ces périodes, différentes enfin suivant les degrés et
l'ancienneté de l'affection.

G. Pendant la période *d'incubation* du rachitisme, il se fait un
épanchement de matière sanguinolente dans tous les interstices du
tissu osseux, proportionellement de bas en haut; dans les cellules
du tissu spongieux, le canal médullaire, entre le périoste et l'os,
entre les lamelles concentriques de la diaphyse, entre les épiphyses
et les diaphyses, entre les noyaux épiphysaires et leurs cellules,
dans les os courts et les os plats comme dans les os longs, en un
mot dans toutes les parties du squelette et dans tous les points
du tissu osseux où se distribuent les radicules des vaisseaux nour-
riciers.

H. Pendant la seconde période du rachitisme, *période de déformation,* en même temps que le tissu osseux perd de sa consistance
et se ramollit, la matière qui continue à se déposer entre tous les
interstices du tissu osseux tend à s'organiser. Elle passe successivement de la forme cellulo-vasculaire à la forme cellulo-spongieuse.
Cette matière de nouvelle formation est surtout abondante entre
le périoste et l'os, entre la membrane médullaire et le canal, entre
le périoste et la table externe des os plats, et entre les lames de
ces derniers.

I. Pendant la troisième période, *la période de résolution,* le tissu de nouvelle formation dans les os longs et dans quelques os plats et courts, passe à l'état de tissu compacte, et tend à se confondre avec l'ancien tissu qui recouvre sa dureté première. Cette addition d'un tissu nouveau au tissu ancien donne une très-grande épaisseur et surtout une très-grande largeur à quelques parties des os qui avaient été le siége de l'organisation du tissu spongieux nouveau de la période précédente.

J. Dans l'état désigné par M. Guérin sous la dénomination de *consomption rachitique*, et qui résulte d'un degré exagéré de l'affection, le dédoublement et l'écartement des parties composantes du tissu osseux ont été tels, que leur réunion ne s'est pas opérée et que la matière épanchée ne s'est pas organisée. Dans cet état, les cloisons et les lamelles osseuses sont restées écartées, et la consistance de l'os primitif a été réduite au point que leur couche extérieure n'est plus formée quelquefois que par une pellicule mince.

K. La texture des os rachitiques chez les adultes, quand la maladie s'est complétement résolue, offre une compacité et une dureté supérieures à celles de l'état normal. Dans cet état, désigné par l'auteur sous le nom *d'éburnation rachitique*, on ne trouve plus aucune trace de la réunion de l'ancien os avec le nouveau.

Sans doute, quelques-uns de ces faits avaient été notés déjà en partie, mais comme des circonstances absolues de la maladie : ils l'avaient été, entre autres, par Shaw, par MM. Guersent, Rufz, etc.; mais M. Guérin les a mieux et plus approfondis; il a surtout montré leur subordination au fait primitif de la maladie, c'est-à-dire, à l'altération des propriétés nutritives et plastiques du sang.

§ IV.

THÉRAPEUTIQUE DES DIFFORMITÉS.

Six conditions capitales président, dans l'opinion de M. Guérin, au choix des moyens applicables aux difformités, et décident des résultats que ces moyens produisent.

Ces conditions sont :

1° La *cause essentielle* de la difformité ;

2° Le *degré* de la difformité ;

3° L'*ancienneté* de la difformité ;

4° Son *siége* ;

5° Sa *direction* ;

6° Les conditions individuelles de *l'âge*, du *sexe*, de la *constitution*.

Voici une application de cette formule au traitement des déviations de la colonne vertébrale.

1° *Sous le rapport de la cause.*

Les déviations *musculaires passives* (par faiblesse musculaire maladive, relâchement des ligaments de l'épine, croissance exagérée ou élongation disproportionnée de la colonne) excluent l'extension parallèle, ne permettent au plus que l'extension sigmoïde, et réclament toujours les appareils à flexion latérale ; elles réclament surtout les exercices gymnastiques généraux et spéciaux et les douches froides sur la colonne. Elles guérissent assez vite et complétement.

2° Les déviations musculaires *actives* (prédominance d'action d'un ordre de muscles, par rétraction musculaire convulsive, par contracture, etc.) réclament l'emploi des moyens mécaniques de différents ordres, extension et flexion ; des douches locales de vapeurs émollientes ou narcotiques ; de la gymnastique spéciale. Elles guérissent plus difficilement, mais peuvent guérir complétement.

3° Les déviations par prédominance native d'un côté du squelette sur l'autre, exigent l'emploi de moyens mécaniques divers, longtemps continués ; des douches de vapeurs émollientes : elles ne réclament les exercices gymnastiques qu'à une époque avancée de leur traitement. Elles ne cèdent qu'avec lenteur et difficulté ; et ne guérissent complétement que dans un petit nombre de cas.

4

4° Les déviations rachitiques exigent, lorsqu'elles sont dans la période de déformation, l'extension sigmoïde et les appareils à flexion latérale ; une gymnastique rigoureusement spéciale ; une médication et un régime appropriés à la nature du rachitisme. Elles guérissent assez facilement pendant la première et la deuxième période du rachitisme ; elles sont incurables dans la période de consolidation.

5° Les déviations scrofuleuses ou tuberculeuses rejettent complétement, sous peine d'accidents graves, l'emploi des moyens mécaniques ; permettentdan es crtains cas les exercices gymnastiques modérés ; exigent une médication externe révulsive et une médication interne spéciale. Elles ne guérissent presque jamais sans difformité consécutive, qu'il est dangereux de chercher à faire disparaître.

6° Les déviations par causes combinées offrent dans leur traitement un phénomène important, savoir, que la portion de déviation qui est due à l'influence de la cause musculaire se guérit avec facilité et promptitude ; tandis que la portion de la déviation due à la cause osseuse offre une résistance relative à la nature de son origine : en sorte que la curabilité des déviations composées est relative à la somme particulière d'influence de chacune des causes qui y ont concouru.

2° Sous le rapport du degré.

1° Les déviations au premier degré réclament rarement l'extension parallèle, appellent de préférence l'extension sigmoïde et les appareils à flexion latérale. Elles guérissent presque toujours complétement.

2° Au deuxième degré, les déviations dont la nature de la cause permet l'emploi des moyens mécaniques, réclament en premier lieu l'extension parallèle, puis l'extension sigmoïde, puis la simple flexion. Presque toutes les déviations du deuxième degré sont complétement curables.

3° Au troisième degré, les déviations dont la cause n'exclut pas les agents mécaniques, réclament l'extension parallèle, très-modérée, jamais primitivement l'extension sigmoïde ni les flexions alternes; gymnastique générale et spéciale. Aucune déviation du troisième degré n'est complétement curable.

3° *Sous le rapport de l'ancienneté.*

1° Toute déviation récente commande la plus grande réserve dans l'emploi des moyens mécaniques; presque toujours le changement d'attitudes, la disparition de la condition mécanique ou morbide qui a provoqué la difformité, suffisent pour la faire cesser en entier.

2° Toute déviation ancienne (hors les déviations tuberculeuses) exige l'emploi des moyens mécaniques variés, en commençant par l'extension parallèle. Toute déviation très-ancienne, quels qu'en soient la cause et le degré, disparaît avec lenteur, et très-rarement d'une manière complète.

4° *Sous le rapport du siége.*

1° Les déviations cervicales qui permettent l'emploi des agents mécaniques (considération de la cause à part), appellent d'autres appareils que les déviations dorsales, celles-ci d'autres appareils que les déviations lombaires. Toutes peuvent, jusqu'à un certain point, être combattues par l'extension parallèle, mais à chacune d'elles s'approprient plus spécialement les différentes méthodes et procédés de redressement. Les déviations cervicales et lombaires, toutes choses égales d'ailleurs, guérissent plus vite et plus complétement que les déviations dorsales. Les déviations dorsales supérieures, celles qui correspondent aux quatre premières dorsales, ne sont accessibles qu'à l'extension parallèle, et ne sont jamais entièrement curables.

4.

5° Sous le rapport de la direction.

1° Les déviations en arrière ou excurvations (celles dont la nature de la cause permet l'emploi des moyens mécaniques) réclament immédiatement les appareils à flexion antéro-postérieure, opposée à la flexion pathologique. Toutes les déviations postérieures, excepté les musculaires passives, sont difficiles à guérir, et guérissent rarement en entier.

2° Les déviations latérales à gauche (considération de la nature de la déviation à part) réclament de suite l'emploi du traitement mécanique, à cause de l'influence de la difformité sur le cœur.

Les indications qui précèdent permettent, on le voit assez, d'apprécier l'esprit dans lequel l'auteur a conçu et exécuté la partie thérapeutique de son ouvrage. Il nous reste à indiquer les moyens nouveaux de traitement qu'il a imaginés.

Moyens de traitement nouveaux.

1° Le principe de la flexion substitué à l'extension et à la compression directe, principe généralisé dans le traitement de toutes les difformités articulaires. Jusqu'à ce jour, les différentes machines proposées pour opérer le redressement des déviations latérales de la colonne, des déviations postérieures ou excurvations, des flexions permanentes du coude ou du genou, des pieds bots, varus équins, avaient consisté en général dans des tractions exercées suivant l'axe longitudinal des parties déviées, et dans des pressions directes appliquées sur le sommet des convexités des courbures et à leurs extrémités. Le principe de la flexion proposé par M. Guérin, et les appareils où il l'a réalisé, tendent à tirer perpendiculairement, en sens contraire des courbures, sur les segments des courbures, en se servant de ces segments comme de bras de leviers, dont le centre de mouvement est au sommet de chaque courbe, et dans l'articulation même qui est le centre de flexion de cette dernière. Il résulte de cette substitution de principes, que les forces

sont employées d'une manière plus favorable, déterminent par
conséquent moins de gêne et de douleurs, et peuvent surtout
porter le redressement au delà de la ligne droite. Ce dernier avantage est en particulier sensible dans le redressement des déviations de
l'épine. Les appareils à extension parallèle permettent difficilement
d'obtenir des redressements complets, parce qu'on ne parvient jamais à vaincre la prédominance du côté convexe des courbures sur
le côté concave : tandis que ce résultat peut être plus ou moins
facilement atteint par les appareils qui tendent à fléchir la colonne
en sens inverse de ses courbures pathologiques. Les machines que
M. Guérin a imaginées d'après ce principe sont :

1° Un appareil à extension sigmoïde pour les déviations latérales
de l'épine, dans lequel la flexion est combinée avec un léger degré
d'extension en diagonale.

2° Un appareil à flexions opposées pour les déviations latérales
de l'épine, dans lequel les flexions s'opèrent sans extension de la
colonne.

3° Un appareil à flexion postérieure pour les déviations postérieures ou excurvations.

4° Un sabot à triple flexion pour les pieds bots, varus équin, au
moyen duquel on peut faire décrire au pied trois mouvements
circulaires simultanés, opposés aux mouvements décrits par le
pied bot.

La commission a encore distingué avec intérêt un petit appareil
propre à opérer le redressement instantané des déviations musculaires passives de la région lombaire de la colonne, sans le secours
d'aucune force morte, et au moyen de l'action musculaire seule-
ment, mise en jeu par l'obliquation du bassin. Cet appareil, qui
consiste dans un siége mobile sur un axe médian horizontal et
antéro-postérieur, a pour effet, en déterminant l'abaissement du
bassin du côté correspondant à la concavité de la déviation, de
provoquer un mouvement de flexion de la colonne en sens opposé,

mouvement que l'on peut graduer et varier suivant le degré d'obliquation du bassin. Cet appareil, qui peut suffire à lui seul dans le
traitement de certaines déviations musculaires passives, est encore
utile comme moyen auxiliaire dans des déviations qui exigent le
concours d'appareils plus énergiques.

Enfin, M. Guérin a proposé pour le traitement de certains pieds
bots, chez les jeunes enfants, l'emploi du plâtre coulé. Ce moyen,
qui est une application heureuse de l'appareil inamovible de M. Larrey, a sur les appareils mécaniques les avantages suivants : il ne se
relâche point, il répartit la compression d'une manière égale sur
toute la surface du membre, il est peu coûteux, facile à exécuter,
et applicable par tout le monde.

Les différents moyens que nous venons de faire connaître à l'A-
cadémie ont été appliqués par M. Guérin sous les yeux de la commission, dans 14 cas de difformités, dont 9 de l'épine, 1 du cou,
4 de pieds bots; de cause, de degré, de siége, de direction différents. Cette épreuve, présentée par l'auteur comme simple spécimen
de ses applications thérapeutiques, et comme confirmation des succès énoncés dans son ouvrage, a produit des résultats complétement d'accord avec ses principes scientifiques :

1° Quatre cas de déviations musculaires du 2ᵉ degré ont été
complétement guéris;

2° Un cas d'inclinaison musculaire du cou, redressé;

3° Trois cas de déviations osseuses du 2ᵉ degré, considérablement améliorés;

4° Deux cas de déviations osseuses du 3ᵉ degré, améliorés;

5° Quatre cas de pieds bots complétement guéris, dont un cas
extrême, consistant dans un renversement en arrière de la partie antérieure du pied, la malade marchant sur la face dorsale du tarse.

Les sujets dont il s'agit avaient été pris par M. Guérin dans la
classe ouvrière, et traités gratuitement dans une division particulière de son établissement.

(37)

Tel est l'ouvrage de M. Guérin.

Après tant de recherches faites successivement sur le squelette, sur le cadavre, sur le vivant; après un si grand nombre d'observations rigoureusement recueillies et sévèrement interprétées; après cette foule de faits nouveaux et de vues neuves sur les différentes parties du sujet; finalement, après de si nombreux, de si beaux et de si féconds résultats introduits dans la science et dans l'art, nul ne s'étonnera, sans doute, que le prix ait été adjugé à ce remarquable travail.

La commission donne donc le prix proposé à M. Jules Guérin, et très-explicitement aux points saillants de son ouvrage indiqués dans ce rapport.

M. BOUVIER.

M. Bouvier, pour résoudre le problème complexe de la question mise au concours par l'Académie, a présenté :

1.º Une histoire générale des difformités, suivie de l'histoire des moyens mécaniques et gymnastiques proposés pour les combattre; plus, l'exposition raisonnée des effets et des résultats définitifs que l'on obtient de l'emploi de ces moyens.

2º Quinze tableaux statistiques, comprenant environ 1000 faits relatifs à des questions dont la solution pouvait être obtenue par la méthode numérique.

3º Près de 200 observations détaillées, fournies par dix années d'observations et de recherches, et présentées comme autant d'exemples des règles, des lois générales de pathologie et de thérapeutique, ou comme quelques exceptions à ces mêmes lois.

Voyons à présent dans cet ensemble de travaux les points culminants que M. Bouvier a découverts ou élucidés sur l'anatomie, la physiologie et la thérapeutique des difformités du système osseux.

Le fait anatomique le plus général dans les difformités osseuses, dit M. Bouvier, c'est le retrait ou la réduction des os du côté de la concavité des courbures, par une véritable atrophie qui a lieu de ce côté ; tandis que le développement continue ou même augmente dans le sens opposé. M. Bouvier a reconnu pour la colonne vertébrale en particulier, que la déformation par atrophie du côté concave des courbures était un caractère constant des déviations latérales même les plus légères.

Il a insisté particulièrement sur l'inégal développement en longueur des deux masses apophysaires ; et il a déterminé la part qu'il croit devoir attribuer à ce phénomène dans l'explication du fait important de la torsion.

En poussant plus loin les conséquences de la déformation des vertèbres et de leur torsion, l'auteur a été conduit à penser que toute saillie d'un côté de la face postérieure du tronc, soit au cou, soit au dos, soit aux lombes, qui se lie à un vice de direction de l'épine, dénote tout à la fois d'une manière certaine la torsion du rachis et une déformation non-seulement de ses fibro-cartilages, mais aussi des vertèbres elles-mêmes ; quelque peu avancée que soit d'ailleurs la maladie, et aussi à une époque où la série des apophyses épineuses ne paraît pas très-sensiblement déviée.

M. Bouvier fait remarquer combien il importe de distinguer des déviations proprement dites, les simples attitudes volontaires ou involontaires, lesquelles ne sont point accompagnées de déformations des vertèbres, ni par conséquent des phénomènes de torsion, et dont le redressement s'opère complétement et en peu de temps. L'auteur a décrit les caractères distinctifs de ce genre d'inflexions, caractères dont il avait le premier annoncé l'existence.

Il a décrit et figuré cinquante-trois formes de courbures latérales fondées sur des faits observés pendant la vie ou après la mort ; et en considérant la colonne déviée sous le point de vue des inclinaisons que présentent les différents points des courbures, il a montré l'erreur commise journellement dans la mesure de leur flèche, par cette raison qu'on n'a point égard aux rapports de la corde des courbures avec l'axe du corps, dans la direction duquel on se suppose, à tort, dans tous les cas.

M. Bouvier a constaté un fait observé déjà par Sterne, dans les déviations latérales de l'épine, savoir, la diminution de la face dans tous ses diamètres, mais surtout dans le diamètre transversal.

L'auteur, se livrant à l'étude des mutations qu'éprouvent les viscères, remarque que dans les fortes déviations dorsales moyennes, les poumons comprimés rétrogradent, en quelque sorte, à l'état fœtal, dans une partie plus ou moins grande de leur étendue, mais surtout dans le lieu qui correspond à la gibbosité postérieure; point sur lequel la double pression des vertèbres et des côtes diminue, et quelquefois aussi fait cesser toute fonction respiratoire.

Le cœur offre divers déplacements. Le plus remarquable est le passage de cet organe dans la cavité droite du thorax, lorsque la colonne dorsale est fortement déviée à gauche. Tantôt il n'éprouve qu'une légère réduction, ou même il augmente de volume par l'effet d'une maladie accidentelle, la diminution des poumons pouvant suffire à rétablir l'équilibre entre les parties contenantes et les parties contenues. Tantôt au contraire il subit une compression notable, par suite de l'affaissement des côtes qui l'entourent. Cet état a lieu notamment dans les déviations dorsales gauches.

Le foie est peut-être par sa situation, son volume, et l'étendue de ses rapports avec les os déviés, l'organe le plus exposé aux déplacements et aux compressions. Il est néanmoins fort remarquable que dans l'espèce de déviation la plus commune, la concavité droite de la région dorso-lombaire laisse à la plus grande partie du foie un espace suffisant pour se loger.

Les considérations de cette nature nous font arriver tout naturellement aux plus remarquables annotations physiologiques du travail de M. Bouvier.

Le résultat le plus général de cet ordre de faits dans le mémoire

que nous analysons, est que, si la plupart des fonctions se trouvent
gravement compromises chez les individus atteints de difformités,
il existe à cet égard des différences fondées sur l'âge, l'état
général de la constitution, le siége, le nombre, la forme, le degré
et la période des courbures. Deux périodes surtout doivent être
distinguées : l'une pendant laquelle les organes souffrent plus ou
moins des effets mécaniques de la déviation; l'autre dans laquelle
les organes façonnés, en quelque sorte, à la longue à cette nouvelle manière d'être, conservent une liberté d'action suffisante
pour parvenir au terme ordinaire de la carrière.

C'est tout naturellement, on le voit, que nous entrons dans le
domaine de la pathologie des difformités.

Relativement aux causes de cet ordre d'affections, M. Bouvier
considère successivement les différentes difformités dans l'ordre
de leurs analogies matérielles, et suivant des rapports qui sont
une conséquence naturelle, nécessaire, de l'identité du lieu qu'elles
occupent, et du genre d'altérations organiques qui les constituent.

Pénétrant ensuite plus à fond dans la série des causes présumées
des déviations latérales de l'épine, il reconnaît avec Delpech que
souvent les déviations résultent de l'action de deux ou trois causes
réunies, ou même d'un plus grand nombre, et que bien qu'il ne
soit pas toujours facile de les découvrir, ni de les expliquer toutes,
il est cependant des conditions organiques générales dont on ne
saurait nier la fâcheuse influence.

Il pose en principe que toute déviation n'est d'abord qu'une
attitude plus ou moins passagère, cessant et se reproduisant tour à
tour jusqu'à ce qu'elle soit devenue permanente par la déformation réelle des pièces du rachis et de ses annexes. La déviation est
caractérisée dans ces cas : 1° par l'espèce d'attitude qui l'a déter-
minée d'abord, et qui peut se joindre à une flexion latérale
occupant plus spécialement la région dorsale ou la région lombaire; 2° par la résistance relative des différents points de la co-

lonne, et par l'existence des courbures normales latérales diversement situées.

Ces considérations et des considérations d'un ordre plus relevé sur les divers modes de traitement des déviations latérales de l'épine, montrent que c'est principalement à cette partie de son travail que l'auteur attache surtout de l'importance, et qu'il regarde comme répondant plus immédiatement à la question proposée.

Puisque, suivant l'opinion de l'auteur, tous les désordres mécaniques ou vitaux qui sont les conséquences des courbures latérales du rachis, ont leur source dans l'atrophie d'un côté de cette tige osseuse, par suite de la pression augmentée dans ce sens, en raison de la station verticale du tronc chez l'homme, et de ses attitudes irrégulières, tout le problème de la guérison doit consister à corriger cette atrophie d'un côté de l'épine, au moyen d'influences contraires, c'est-à-dire, en appliquant au rachis des forces opposées à la pesanteur; en régularisant l'action musculaire dans les attitudes du sujet; enfin en activant la nutrition.

Indépendamment du redressement des courbures, l'auteur a prouvé que la corde des courbures secondaires, le plus souvent inclinée sur l'axe du tronc, pouvait être replacée avec avantage dans la direction de cet axe, même lorsque les parties déformées conservent leurs rapports anormaux : cela seul suffit pour procurer à ces malades une notable amélioration dans leurs difformités.

Un examen historique et critique, une étude approfondie des moyens mécaniques et gymnastiques destinés à agir sur le rachis en sens inverse de la pesanteur, a fourni à M. Bouvier des résultats que l'on résume assez complétement par la formule suivante : la seule position horizontale modifie les courbures presque aussi puissamment que tous les moyens mécaniques proposés pour la cure des déviations de l'épine.

Entre toutes les autres conséquences qui se déduisent de cette proposition capitale, viennent les suivantes :

5.

Les appareils qui permettent aux malades de marcher luttent avec désavantage contre le poids des parties supérieures, et modifient la déviation bien moins efficacement que la position horizontale.

Les exercices de suspension modifient les courbures de la même manière que la position horizontale, si ce n'est qu'ils agissent sur une étendue moins grande de l'épine; ils sont associés d'ailleurs avec avantage à l'emploi du coucher.

En tête des exercices qui ont lieu dans la position horizontale du corps, M. Bouvier place la natation : non qu'il pense, ainsi qu'on l'avait annoncé, que les muscles trapèze et rhomboïde du côté de la concavité dorsale, et le carré des lombes du côté de la concavité lombaire, soient capables de redresser l'épine, il y a dans les mouvements de l'individu qui nage une trop grande uniformité de mouvements. Dans l'opinion fondée de M. Bouvier, les véritables avantages de la natation tiennent à l'influence salutaire qu'exerce un milieu tonique, dont l'agitation variable détermine sur la peau une friction universelle; ils tiennent aussi à la liberté et à la symétrie d'action dont les muscles jouissent dans une position qui soustrait d'ailleurs les vertèbres à toute pression verticale.

L'auteur s'est longuement occupé des rechutes dans cet ordre d'affections, de leurs causes et des moyens de les prévenir. Les moyens préventifs diffèrent peu ou ne diffèrent point du traitement lui-même. C'est surtout, dit M. Bouvier, dans le cours des maladies accidentelles qui peuvent survenir plus ou moins longtemps après un traitement orthopédique, qu'il importe de redoubler de soins pour prévenir le retour de la difformité. Il faut alors, tant que les sujets n'ont pas recouvré toutes leurs forces, les soumettre, une partie du jour, à la position horizontale, et même y joindre les supports artificiels, si la débilité est grande.

Les principes généraux de traitement que nous venons d'indiquer, se trouvent établis sur les résultats que M. Bouvier a obtenus dans plus de 200 cas de déviation latérale de l'épine, et dont il a présenté l'histoire dans environ cinquante observations détaillées, et dans des tableaux étendus, offrant, pour chaque cas, la mesure de l'accroissement en hauteur pendant la durée du traitement, le poids du corps et la mesure des forces au dynamomètre, les modifications que les courbures, les gibbosités et les autres difformités ont éprouvées, et finalement les changements survenus dans les différentes fonctions de l'économie.

Et quant à l'authenticité de ces faits, elle repose sur trois genres de preuves, savoir : 1° La représentation de l'état des difformités à l'aide des moules en plâtre, pris avant et après le traitement;

2° Les effets obtenus sur plusieurs sujets traités par l'auteur sous les yeux de la commission;

3° L'examen qui a été fait par les commissaires, de cinq sujets traités quatre et cinq ans auparavant, pour des déviations dont l'état antérieur se trouvait représenté par le moulage le plus sévère, avant et après le traitement.

Nous éviterons d'exposer avec autant de détails que nous l'avons fait pour les déviations latérales du rachis, la manière dont l'auteur a étudié les difformités des autres parties du corps. Nous voulons cependant signaler à l'attention de l'Académie et du public :

1° Une série d'observations neuves sur les déviations des mains et des genoux, et sur les moyens d'y porter remède;

2° Une histoire anatomique des pieds bots, détaillée, méthodique, lumineuse, et qui permet d'apprécier plus exactement le siége et la nature de toutes les anomalies que présentent les os, les ligaments et les muscles dans ce genre de difformités. A l'aide de ces données, l'auteur règle l'emploi de certains moyens mécaniques, et donne connaissance d'appareils plus parfaits, au moyen desquels il a pu montrer à la commission des faits de guérison, et cela particulièrement sur de très-jeunes enfants, sans produire aucun des accidents communément redoutés à cet âge.

3° Enfin des observations nouvelles sur les effets de la section du tendon d'Achille, que l'auteur a pratiquée un des premiers à Paris, et pour laquelle il a imaginé d'ingénieux et d'utiles procédés.

C'est surtout par la considération de ces données capitales que la commission propose d'accorder, à titre de second prix, à l'auteur de ce travail, une somme de six mille francs.

Ici se termine notre rapport, déjà beaucoup trop long, sans doute. Mais l'Académie se refusera-t-elle à nous tenir compte de ces volumineux, de ces énormes mémoires que nous avons dû analyser : vingt-cinq gros in-folio manuscrits; seize volumes pour M. Guérin, et neuf pour M. Bouvier? Voudra-t-elle ignorer les soixante et quelques séances de discussions, de démonstrations et d'expérimentations, auxquelles les commissaires se sont lentement livrés, et qu'il nous a fallu résumer? Pourrait-elle oublier, à côté de l'importance et de l'utilité du sujet, la variété, le nombre et la portée des résultats obtenus, et que nous avons eu mission de mettre sous les yeux de l'assemblée, pour l'amener à partager nos convictions? Nous n'hésiterons pas à le dire, on trouverait dans les fastes académiques assez peu d'exemples de concours supérieurs à celui-ci; et si l'Académie ne se montrait pas très-empressée à confirmer le jugement de sa commission, c'est certainement au rapporteur seul qu'il faudrait l'imputer à blâme.

CONCLUSIONS.

La commission adjuge le prix de dix mille francs à M. Jules Guérin.

Elle propose d'accorder, à titre de second prix, une somme de six mille francs à M. Bouvier.

www.ingramcontent.com/pod-product-compliance
Lightning Source LLC
LaVergne TN
LVHW021205200726
843510LV00001B/478

9782329655413